Le roman dont tu es l'héroïne

Une mystérieuse malédiction

LES HOMMES, LES ANIMAUX, LES ARBRES, NOUS SOMMES TOUS UN, COMME LES COULEURS DE L'ARC-EN-CIEL.

TIRÉ DES ENSEIGNEMENTS DES INDIENS MAYAS QUICHÉS

Éditions Play Bac, 14 bis, rue des Minimes, 75003 Paris ; www.playbac.fr

kinra girls

Le roman dont tu es l'héroïne

Une mystérieuse malédiction

Texte de Moka et Cécile Beaucourt
Illustrations d'Anne Cresci

playBac

kinra girls

IDALINA

KUMIKO

Kumiko est japonaise.
C'est une peintre talentueuse, qui aime aussi la photo et la mode.

Idalina est espagnole.
Elle joue de la guitare et c'est une superbe chanteuse de flamenco.

Naïma est américaine.
Son père est américain
et sa mère vient
du Bénin (Afrique).
Le cirque est sa passion.

Rajani est indienne.
Elle adore danser,
surtout les danses
traditionnelles
de son pays.

Alexa est
australienne.
Elle monte
à cheval et
souhaite devenir
championne
d'équitation.

À l'Académie Bergström

M. Meyer
le directeur

Miss Daisy
l'assistante
du directeur

Maître Wang
le professeur
de dessin

Mme Jensen
la professeure
de danse

Rainer
le professeur
d'équitation

M. Tremblay
le professeur
des arts du cirque

Emma
l'infirmière

Chef Luigi
le chef cuisinier

Les proches d'Alexa

Jimmy
l'amoureux d'Alexa

Yvonne Swann
la mère de Jimmy

Djalu
l'oncle de Jimmy

Les ennemies des Kinra Girls

Ruby

Michelle

Jennifer

Plan du domaine

Le moulin abandonné

Avec le « roman dont tu es l'héroïne », deviens le personnage principal d'une aventure des Kinra Girls ! En fin de chapitre, un chemin ou deux s'offrent à toi. Quand tu as le choix, prends celui qui te plaît le plus et vois l'histoire évoluer en fonction de tes décisions. Mais attention, le danger rôde à l'Académie Bergström et certains chapitres pourraient bien te faire quitter l'aventure trop tôt...

Avoir le choix, c'est bien, mais les chapitres 3, 10 et 19 te proposent une autre possibilité. Garde bien en tête le numéro du chapitre que tu viens de terminer, puis fais défiler les pages du roman rapidement et arrête-toi au hasard. Le numéro inscrit sur le dé en bas de la page t'indiquera où aller pour la suite de l'aventure.
Tu peux aussi utiliser un vrai dé si tu en as un sous la main.

Chapitre 1

C'est la fin de l'automne. Le parc de l'Académie Bergström est une féerie de couleurs. Les feuilles tourbillonnent dans l'air doux du matin.

Ça fait deux mois que tu es entrée dans cette école internationale où l'on accueille des élèves du monde entier, de jeunes talents prometteurs. Tu n'arrives toujours pas à y croire ! Tu te souviens de ton excitation en ouvrant le courrier et en découvrant que tu étais acceptée.

Tes parents étaient si fiers de toi ! Même si tu étais triste à l'idée de quitter ta famille et tes amis, tu étais tellement heureuse !

Tu étais un peu intimidée au début.

Tout était si nouveau. Et puis, tu as fait la connaissance des Kinra Girls. Kumiko, Idalina, Naïma, Rajani et Alexa sont devenues tes amies. Maintenant, tu te sens parfaitement à l'aise à l'Académie Bergström. Une goutte de pluie s'écrase sur ton nez. Oh, oh ! Il est temps de rentrer au château ! Soudain, un drôle de bruit du côté des écuries attire ton attention. Tu entends les chevaux s'agiter et piaffer. Tu penses que Rainer, le professeur d'équitation, est en retard pour les nourrir. Les chevaux doivent avoir faim ! Tu ne sais pas trop pourquoi mais tu es troublée.

Cette fois, il pleut vraiment. Tu traverses la grande plaine en courant. Sur le perron du château, tu croises Alexa en compagnie de Jazz, le labrador de M. Meyer, le directeur. C'est un chien guide car M. Meyer est aveugle. Alexa est chargée de le promener tous les jours.

– Toi aussi, tu as pris ta douche avec de l'avance ! plaisante Alexa.

Au moment où vous allez pénétrer dans le hall, Jazz s'ébroue et vous asperge de boue.

– Jazz ! proteste Alexa. Allons bon, après la douche, le bain de boue !

– Il paraît que c'est bon pour la peau ! réponds-tu en riant.

C'est bientôt l'heure du déjeuner. Alexa te donne rendez-vous au réfectoire.

Tu montes dans ta chambre pour te changer. Tu es trempée jusqu'aux os !

Tu prends le temps de nettoyer tes affaires.

Du coup, tu arrives en retard au réfectoire.

Les Kinra Girls t'ont gardé une place dans la file devant le buffet.

Kumiko se plaint que Rajani l'a obligée à ranger son bureau avant de descendre.

– Je suis martyrisée par ma colocataire ! s'écrie-t-elle.

– Tu exagères ! rétorque Rajani. Si ça ne tenait qu'à toi, notre chambre serait un chantier permanent !

Une fois servies, vous vous dirigez vers une table avec vos plateaux. Dès qu'elle est assise, Alexa prend des airs de conspiratrice.

– J'ai une grande nouvelle à vous annoncer, dit-elle. Mais pas ici…

– Bora dans notre chambre à 14 heures ? propose Naïma.

Alexa se met brusquement à rire.

– Pas si vite ! Je vous ai préparé un petit jeu. J'ai glissé un message en code Mullee Mullee sous chacune de vos portes.

C'est tout Alexa, ça ! Jamais sérieuse !

Tu essaies de la faire parler pendant le repas mais l'Australienne reste muette.

Tu as hâte de savoir ce qu'Alexa vous cache.

Dès ton dessert avalé, tu te précipites dans ta chambre. Par chance, Pauline, ta colocataire, est toujours en train de déjeuner. Tu ne voudrais pas qu'elle découvre le message avant toi. Elle risque de poser trop de questions sur ces drôles de têtes de bonshommes dessinées par Alexa !

Tu trouves le papier plié en quatre sur la moquette. Tu t'assois sur ton lit pour le déchiffrer. À chaque dessin correspond

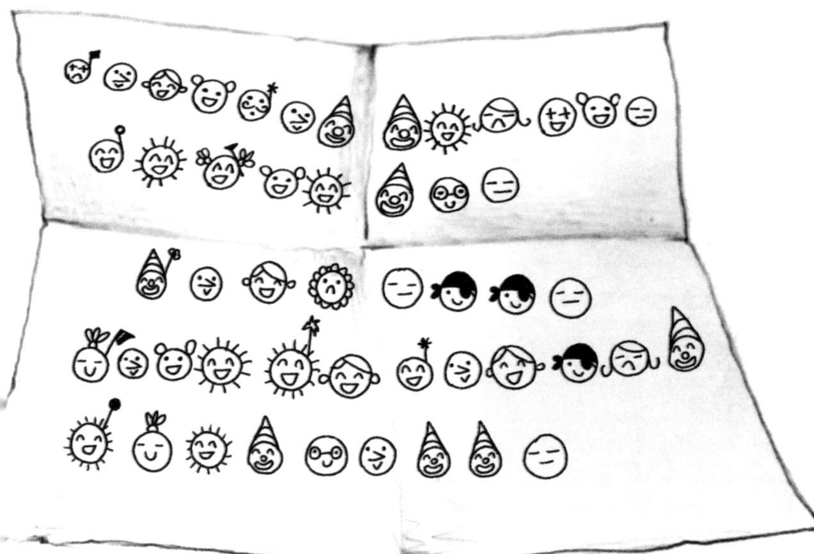

Rendez-vous en pages 127-128 pour décoder ce message.

une lettre, chaque début de mot est indiqué par un drapeau ou un accessoire, te rappelles-tu.

Tu sors du château et te diriges vers le moulin.

rends-toi chapitre 2

L'incident de ce matin te revient en mémoire et tu décides de faire un détour par les écuries avant de rejoindre les Kinra Girls.

lis la suite chapitre 3

Chapitre 2

Le moulin abandonné se trouve au milieu de la forêt. Tu pénètres dans le bois à la recherche du sentier qui longe la rivière qui te mènera à destination. Mais, soudain, tu entends des voix. Tu reconnais celles de Ruby et de Michelle, deux vraies pestes.

– Si tu m'avais vue danser, ce matin ! Même Mme Jansen en est restée bouche bée d'admiration ! se vante Ruby.

– Je n'en doute pas, répond Michelle. C'est toi la meilleure !

– Et de loin ! renchérit Ruby.

Les pestes te barrent le chemin. Si elles te voient, elles vont sûrement t'embêter ou pire, te suivre ! Elles sont toujours en train d'espionner les Kinra Girls, leurs ennemies jurées. Et tu ne veux pas créer des problèmes à tes amies.

Tu cherches le moyen de passer sans te faire remarquer. Il n'y a que deux solutions : soit tu tentes le coup, soit tu fais un détour par les écuries. Tu repenses au malaise que tu as ressenti le matin. Ça te tracasse.

Tu fais demi-tour en direction des écuries.

va au chapitre 3

Tu tentes de passer quand même en te cachant derrière les arbres et les buissons.

poursuis ta lecture chapitre 4

Chapitre 3

Tu as décidé de passer par les écuries. Alors que tu te rapproches des bâtiments, tu remarques aussitôt quelque chose d'inhabituel. Il n'y a personne et les lieux sont étrangement silencieux. Les chevaux ne sont pourtant pas dans le pré.
Tu entres. Tu entends de curieux petits bruits, comme des grattements. Qu'est-ce que ça peut bien être ?
Dans le premier box, tu vois que le cheval est couché et semble endormi. Tu continues d'avancer. Surprise ! Tous les chevaux sont couchés ! Tu te souviens de ce que t'a dit Alexa : un cheval ne se couche jamais longtemps sans raison. Et souvent, ce n'est pas bon signe. Alors comment expliquer que tous les chevaux soient dans la même position, en même temps ?

Tu prends une poignée de foin et tu appelles un cheval pour l'encourager à se lever.

rendez-vous chapitre 5

Tu fais le tour des écuries à la recherche de Rainer, le professeur d'équitation, dans l'espoir qu'il saura t'expliquer ce qu'il se passe.

continue chapitre 6

Sinon, tu laisses le hasard décider pour toi en utilisant le dé.

Si tu tombes sur 1, 2 ou 3, va au chapitre 5.

Si tu tombes sur 4, 5 ou 6, va au chapitre 6.

Chapitre 4

Tu essaies de passer inaperçue en te glissant derrière les arbres. Tu as le cœur qui bat fort. Aïe ! Tu trébuches sur une branche morte et tu tombes lourdement. Ce n'est vraiment pas de chance !

– Eh mais, qui va là ? dit Ruby d'un air moqueur. Ce ne serait pas la nouvelle copine de ces épouvantables Kinra Girls ?

– Tu as raison, lui répond Michelle. Qu'est-ce qu'elle fabrique, à quatre pattes dans les buissons ?

Surprise dans cette position, tu te sens ridicule.

– Tu as perdu quelque chose ? demande Ruby. Ta dignité, peut-être ?

Tu penses qu'il faut absolument inventer un mensonge. Tu te relèves et tu te forces à sourire.

– J'ai repéré un renard et je le suivais ! expliques-tu.

– Un renard ! s'écrie Michelle. Quelle horreur ! Ces animaux ont la rage !

Ruby te dévisage. Elle ne croit pas à ton histoire.

– Tu t'es salie, remarque-t-elle. Tu devrais rentrer pour te laver.

Elle te teste pour voir comment tu vas réagir. Tu es coincée. Si tu continues ton chemin, c'est sûr, elle se doutera que tu pars rejoindre les Kinra Girls. Tu ne peux pas mettre tes amies en danger. Tu es obligée d'abandonner. Tu ne pourras pas participer à la bora...

Ton aventure s'arrête ici à cause de ces pestes de Ruby et de Michelle ! Mais tu peux recommencer depuis le début et faire d'autres choix !

Chapitre 5

Sur la porte du box, tu lis le nom du cheval. Il s'appelle Geoffroy du Plantin. Tu agites ta poignée de foin et tu essaies d'attirer son attention par des petits claquements de langue.

– *Ksiit, ksiit, ksiit !* Geoffroy ! Viens, mon beau !

Les oreilles du cheval frémissent. Il t'a sûrement entendue mais il ne bouge pas et continue de fixer le mur du fond.

– Allez, fais un effort ! l'encourages-tu. Lève-toi !

Du coin de l'œil, tu surprends quelque chose qui remue sous la paille, dans un coin sombre du box. Mais dès que tu tournes la tête, plus rien ne bouge. Tu te demandes si tu n'as pas rêvé.

Tu penses que tu as trop d'imagination
et tu essaies de faire lever un autre cheval.

on se retrouve chapitre 7

Tu décides de tenir les Kinra Girls
au courant de ces événements et tu fonces
au moulin.

direction le chapitre 8

Chapitre 6

Tu ne comprends pas ce qu'il se passe avec les chevaux. Tu penses que Rainer pourrait sûrement t'expliquer. Peut-être est-il dans la sellerie, où sont rangés les selles et les filets ? Tu vas jusqu'au bout des écuries. Il y a une bonne odeur de cuir dans la pièce. Mais Rainer n'est pas là. Il a laissé un mot sur la porte à l'attention de ses élèves : « Pas de cours aujourd'hui, je suis parti chercher le vétérinaire pour une urgence. »

Tu décides de régler le problème toi-même en essayant de faire lever un cheval.

rends-toi chapitre 5

Tu cours au moulin retrouver les Kinra Girls pour les tenir au courant.

lis la suite chapitre 8

Chapitre 7

Tu n'es pas très à l'aise dans les écuries. Tu regrettes que les Kinra Girls ne soient pas avec toi ! Mais tu veux aider les chevaux. Tu t'approches du box de Sultan et tu l'appelles. Le cheval frémit sans bouger pour autant. Même ta poignée de foin ne l'intéresse pas. Tu te demandes quoi faire de plus. Tu sais qu'il ne faut pas entrer dans les boxes, alors tu hésites. Tant pis ! Tu soulèves le loquet et t'apprêtes à entrer dans la stalle de Sultan.

– Qu'est-ce qu'il se passe, ici ? tonne soudain une voix derrière toi.

Tu te retournes. C'est Miss Daisy, l'assistante du directeur. Elle est accompagnée par cette sale peste de Ruby.

– Vous voyez, Miss Daisy ! triomphe Ruby. Je vous avais bien dit qu'elle rôdait

autour des écuries ! Elle prépare
un mauvais coup, c'est sûr !

Tu essaies de protester, mais Miss Daisy t'a surprise la main sur le loquet et ne veut rien entendre. Elle t'ordonne de la suivre. Direction : le bureau du directeur ! Tu es obligée d'obéir. La bora se tiendra sans toi...

Ton aventure s'arrête ici. C'est une bonne leçon, tu seras plus prudente à l'avenir ! Recommence depuis le début et fais d'autres choix !

Chapitre 8

Tu cours à perdre haleine dans la forêt. Tu es pressée de retrouver les Kinra Girls ! Tu traverses le pont sur la rivière. Tu entres dans le moulin abandonné. Tu découvres tes amies assises en rond, à même le sol.

– Ah, te voilà enfin ! s'exclame Naïma.

– Désolée pour le retard, t'excuses-tu. Il faut que je vous dise...

– Ce n'est pas grave ! t'interrompt Kumiko. On t'a attendue. Viens près de nous ! Alors, Alexa, c'est quoi, cette grande nouvelle ?

– Jimmy, mon ami australien, est arrivé ce matin à l'Académie Bergström ! répond Alexa.

– Tu veux dire ton amoureux ! réplique Idalina.

– Oui, bon, d'accord ! rit Alexa.

– Que vient faire Jimmy à l'école ? s'informe Rajani.
– Il accompagne sa mère. Yvonne Swann est une célèbre artiste aborigène. Ses peintures traditionnelles sur écorce sont connues dans le monde entier. Elle a été invitée pour une série de conférences dans toute la région. M. Meyer lui a proposé de résider au château en échange d'une rencontre avec les élèves de l'école.
– C'est super ! s'écrie Kumiko. J'ai hâte de faire sa connaissance ! Et celle de Jimmy, aussi, bien sûr.
– Oui, dit Alexa. M. Meyer m'a autorisée à les accueillir mais... j'ai trouvé Jimmy un peu bizarre. Il me regardait avec insistance. J'ai compris qu'il essayait de me dire quelque chose et qu'il ne le pouvait pas parce que sa maman et

le directeur étaient présents. Jimmy a profité d'un moment d'inattention de leur part pour me glisser ceci discrètement...

Alexa sort un petit papier de sa poche. Elle lit à haute voix :

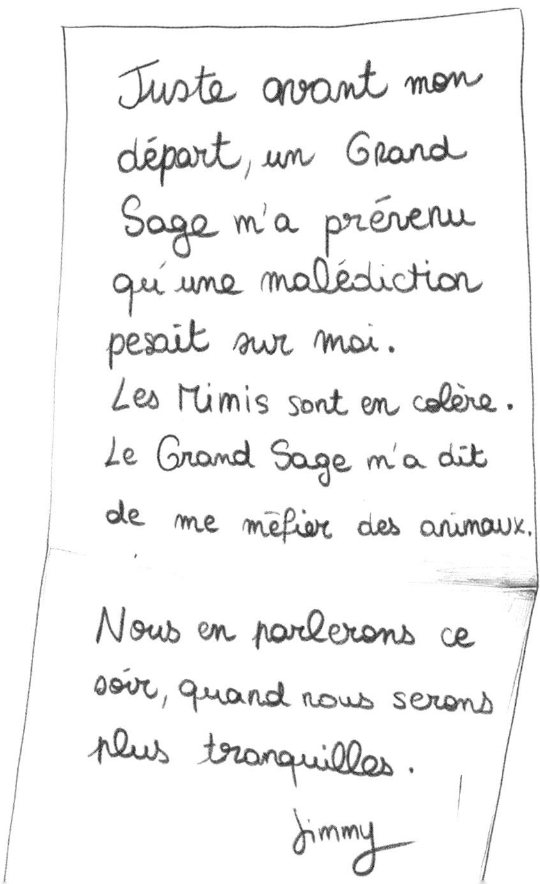

Tu voudrais savoir ce que tout ça signifie. Mais tu souhaites aussi raconter ce que tu as vu aux écuries. Le choix est difficile !

Tu réclames des explications à Alexa sur cette histoire de Mimis et de Grand Sage.

va au chapitre 9

Tu préfères parler du comportement anormal des chevaux.

poursuis ta lecture chapitre 10

Chapitre 9

Tu pries Alexa d'expliquer ce que sont les Mimis.

– Ce sont des esprits des rochers et des éléments, dit Alexa, de minuscules créatures de la mythologie des premiers habitants de l'Australie. L'origine du Monde pour les Aborigènes vient d'un rêve fait par Baiame, le dieu créateur. On appelle ça « le Temps du rêve ». Les Sages sont des personnes très importantes, car ils ont la connaissance des lois qui découlent du Temps du rêve, qui sont transmises de génération en génération. Ils ont le pouvoir de communiquer avec les Esprits.

– Et les Mimis, ils sont méchants ? demandes-tu.

– Je crois qu'ils n'ont pas toujours bon

caractère ! répond Alexa en riant.

Naïma te regarde.

– Tu n'avais pas quelque chose à nous dire ? se rappelle-t-elle.

– Oui, oui ! t'écries-tu. Il faut absolument que je vous raconte !

Décidément, il se passe des choses étranges aujourd'hui ! Tu dois vite mettre tes amies au courant de ce que tu as vu. Tu ne perds pas une minute de plus.

rendez-vous chapitre 10

Chapitre 10

Les Kinra Girls sont prêtes à t'écouter. Alors, tu leur racontes ce que tu as vu aux écuries. Ce n'était pas normal de trouver tous les chevaux couchés dans leurs boxes.
Et, malgré tes efforts, tu n'as pas été capable de les faire lever ni même bouger.

– Et Rainer ? demande Alexa. Qu'est-ce qu'il en pense ?

– Il n'était pas là. Il a laissé un mot pour prévenir qu'il allait chercher le vétérinaire. C'est sûrement parce qu'il a remarqué ce qu'il se passait !

Tu hésites un petit peu avant de poursuivre.
Puis tu te lances :

– Vous allez me prendre pour une folle, mais j'ai entendu de drôles de bruits... Comme des grattements... Et puis,

ça remuait sous la paille. Je ne sais pas ce que c'était.

– Des souris, sans aucun doute ! affirme Naïma. Il y en a plein dans les écuries !

– Oui, peut-être, admet Alexa. Ou ce sont les Mimis !

– Les Mimis seraient arrivés avec Jimmy ? s'inquiète Idalina.

Alexa aurait-elle raison ? Ça t'intrigue.

Tu décides de mener l'enquête ! Demain matin, tu iras à la bibliothèque pour faire des recherches sur les croyances aborigènes.

continue chapitre 11

Tu es très impatiente de rencontrer Jimmy et d'en apprendre plus sur cette

mystérieuse histoire. Tu demandes à Alexa si tu pourrais voir son amoureux demain.

on se retrouve chapitre 12

Tu n'arrives pas à te décider ?

Utilise le dé.

Si tu tombes sur 1, 2 ou 3, va au chapitre 11.

Si tu tombes sur 4, 5 ou 6, va au chapitre 12.

Chapitre 11

C'est comme ça tous les lundis. Tu as du mal à quitter ton lit ! Mais tu as hâte de commencer ton enquête et d'élucider cette histoire de malédiction aborigène. Pauline, ta colocataire, s'étonne que tu te lèves déjà. Aurais-tu oublié qu'il n'y a pas cours ce matin ? Les professeurs sont en réunion.

– Je veux en profiter pour m'avancer dans mes devoirs, dis-tu. Je vais à la bibliothèque.

– Tu devrais plutôt faire la grasse matinée ! réplique Pauline. Moi, en tout cas, je me rendors…

Heureusement, Pauline n'est pas du genre indiscret. C'est une de ses qualités !

Il n'y a pas grand monde au réfectoire. Les élèves ont dû suivre le conseil de Pauline !

Tu retrouves tes amies, sauf Alexa qui est partie rejoindre son Jimmy. Tu avales vite un chocolat chaud et une tartine de confiture. La bibliothèque est ouverte, mais tout aussi déserte que le réfectoire. Tant mieux ! Vous ne serez pas dérangées. Vous vous installez devant un des ordinateurs. Tu tapes le mot-clé « Mimis » dans le moteur de recherche.

– Je ne vois rien ! se plaint Idalina. Tu nous lis ce qu'il y a écrit ?

– Oui, bien sûr, réponds-tu. « Dans la culture des Aborigènes, les Mimis sont des Esprits de la Nature qui vivent dans les rochers. Ils sont minuscules, filiformes et lumineux. Leur taille leur permet de se glisser dans les plus petites fissures. Les Mimis sont des protecteurs de toutes les créatures vivantes. Ils ont transmis aux humains le don de domestiquer les animaux et celui de peindre. Malgré cela, les Mimis préfèrent se cacher des humains. Si on s'approche un peu trop, ils soufflent sur un rocher pour ouvrir une crevasse où ils se faufilent. »

– C'est intéressant, remarque Kumiko. Le don de peindre, surtout ! En Asie, on prétend que le souffle de vie, qu'on appelle le *chi*, guide la main du peintre et du calligraphe.

– Au Bénin, le pays où est née ma maman, on croit aussi aux Esprits, déclare Naïma. Ils sont partout dans la nature et même dans les objets. On fait des offrandes pour les apaiser s'ils sont en colère ou, tout simplement, pour les honorer.

– Quel genre d'offrandes ? demandes-tu.

– De la nourriture ! Les Esprits sont aussi gourmands que moi ! plaisante Naïma.

Idalina a l'air rêveuse. Après quelques minutes de silence, elle se décide à parler.

– Le Grand Sage a dit que Jimmy avait fâché les Mimis. Vous pensez que les Esprits l'ont suivi jusqu'ici ? Et si oui, où se sont-ils cachés ?

– Je sais où ! crie Naïma. M. Tremblay, mon professeur des arts du cirque, nous emmène souvent nous entraîner à l'escalade sur ces gros rochers derrière les écuries. Vous voyez lesquels ? C'est l'endroit idéal pour les Mimis !

Naïma a une super idée ! Tu veux aller tout de suite voir ces rochers.

direction le chapitre 13

Naïma a peut-être raison, mais il n'y a pas d'urgence. Et puis, les cours vont reprendre cet après-midi. Tu as hâte de rencontrer

Jimmy pour en apprendre plus sur cette étrange malédiction.

rends-toi chapitre 14

Chapitre 12

Comme vos professeurs sont en réunion, ce lundi matin, vous êtes libres de vos mouvements. Tu demandes à Alexa si tu peux l'accompagner. Tu as très envie de faire la connaissance de Jimmy.

– Et nous, nous pourrions aller à la bibliothèque pour faire des recherches sur les mythes aborigènes, propose Idalina.

– Excellente idée ! approuve Rajani en se levant.

– Je n'ai pas fini mon petit déjeuner, moi ! proteste Naïma.

– D'accord, d'accord ! répond Rajani en se rasseyant.

Alexa et toi, vous quittez le réfectoire. Pour gagner l'aile où Jimmy et sa mère sont logés, vous sortez du château. Juste au moment où vous franchissez la grande porte du hall, Ruby vous bouscule et vous passe devant.

– Hé ! l'interpelle Alexa. Tu pourrais t'excuser !

Ruby ne daigne même pas répondre. Quelle mal élevée ! Mais vous avez mieux à faire que de vous disputer avec cette peste.

– Je parie que ce paresseux de Jimmy dort encore ! dit Alexa.

– Tu es sûre ? demandes-tu. Est-ce que ce ne serait pas lui, là-bas ?

Tu lui indiques un grand garçon à l'allure décontractée que tu n'as jamais vu auparavant. Il est assis sur un banc d'où il observe un écureuil qui s'active dans un chêne. Puis il aperçoit Alexa et sourit jusqu'aux oreilles. Il vous adresse un petit signe de la main.

Ruby, qui marche devant vous, s'arrête brusquement. Et la voilà qui fait des mines en se dandinant ! Trop drôle ! Elle a cru que c'était à elle que Jimmy souriait ! Elle est surprise quand celui-ci se dirige droit vers vous.

– Cette journée sera belle puisque je suis avec toi, mon Alexa ! s'exclame Jimmy.

C'est un charmeur, cet Australien !

– Ravi de te rencontrer, te dit Jimmy. On se promène dans le parc ? C'est vraiment superbe, ici. Ma mère est partie pour une conférence, on est tranquilles pour discuter.

Ruby vous fixe du regard. Elle est comme hypnotisée. Jimmy ne se rend compte de rien, ce qui t'amuse d'autant plus !

– Alors, qu'est-ce que c'est que cette histoire de malédiction ? demande Alexa. On n'a pas compris grand-chose !

Jimmy soupire. Il est embarrassé.

– J'ai fait une grosse bêtise, avoue-t-il.

– Oh, ce n'est pas grave, moi, j'en fais tout le temps ! plaisante Alexa.

Mais Jimmy ne rit pas. Gentiment, Alexa lui prend le bras.

– Allez, raconte-nous tout, l'encourage-t-elle.

– Depuis que tu es partie, j'ai adopté les habitudes de mon oncle Djalu, dit Jimmy. Dès que j'en ai l'occasion, je parcours le bush pendant des heures. Maman est souvent absente pour présenter ses œuvres, alors j'en profite ! Il y a quelques jours, je suis allé assez loin de la maison. Je me suis retrouvé au milieu de tous ces touristes qui visitent les sites aborigènes.

– Ah oui ! fait Alexa. Je vois de quel endroit tu parles.

Elle se tourne vers toi pour t'expliquer.

– Il y a une colline sacrée pour les

Aborigènes. Les touristes adorent en faire l'ascension. Les Aborigènes ont pourtant demandé qu'on n'y monte pas et qu'on respecte leurs croyances.

– C'est ça, acquiesce Jimmy. Je regardais les gens qui gravissaient les pentes de la colline... Et j'ai eu envie de les suivre.

– Non ? s'écrie Alexa. Tu n'as pas fait ça ?

Jimmy baisse la tête, l'air pitoyable.

– Je ne voulais pas... au début. Mais une fois les touristes partis, tout était si calme, si serein... Je n'ai pas pu résister à la tentation. C'était tellement beau ! Le soleil était bas sur l'horizon, le mont a pris ses incroyables couleurs rouge et violette. Et... je suis monté. De là-haut, la vue sur le bush désert est magnifique. C'était si fascinant que j'avais l'impression de vivre un rêve. Je suis resté jusqu'à la nuit. Je ne sais même pas comment je suis rentré chez moi ! Tout ce dont je me souviens, c'est de m'être réveillé dans mon lit avec une affreuse migraine.

Alexa dévisage Jimmy, les sourcils froncés.

– Ce n'est vraiment pas bien d'avoir bravé l'interdit, remarque-t-elle, sévèrement.

– J'ai honte, répondit Jimmy. Mais le mal est fait. Et les ennuis ont commencé. Je me suis confié à mon oncle Djalu et il m'a emmené chez un Grand Sage. Ils ont plutôt été gentils avec moi, pourtant je ne le méritais pas ! Le Sage a consulté les Esprits. Il m'a dit que les Mimis étaient en colère et qu'il ne serait pas facile de les apaiser. Pour lever la malédiction qui pèse sur moi, il faudrait faire une cérémonie sacrée. Tout ça s'est passé juste avant mon départ, ça devra attendre mon retour en Australie.

– Et ta mère n'est toujours pas au courant ? demandes-tu.

– Oh si, je lui ai raconté ! Je ne peux rien lui cacher, elle devine tout ! C'est une Sage à sa manière. Le moins qu'on puisse dire, c'est qu'elle n'était pas contente. Je l'ai déçue et ça, c'est presque pire que la malédiction...

Tu es triste pour Jimmy. Il est sincèrement désolé et tu voudrais l'aider.

Tu t'interroges sur cette malédiction. De quoi s'agit-il exactement ?

lis la suite chapitre 16

Tout n'est pas perdu ! Tu espères que les autres Kinra Girls ont trouvé des informations intéressantes à la bibliothèque. Malheureusement, il faut

aller en cours maintenant et tu dois attendre l’heure du dîner pour retrouver tes amies.

va au chapitre 17

Chapitre 13

Vous traversez rapidement la grande plaine. Les rochers mentionnés par Naïma sont tout au fond du parc. C'est loin et vous n'avez pas beaucoup de temps avant le déjeuner.

– On aurait peut-être dû prévenir Alexa et Jimmy, remarque Idalina. Ça m'ennuie un peu d'aller voir les rochers sans eux. C'est quand même le problème de Jimmy !

– Ils ne nous en voudront pas, répond Kumiko. Si on découvre quelque chose, on leur racontera !

Vous longez la forêt et vous dépassez les écuries. Vous apercevez le mur qui entoure le parc. Ça y est, vous êtes arrivées à destination.

Les rochers sont plus hauts et plus imposants que dans tes souvenirs. Tu les trouverais presque menaçants sous ce ciel gris. Tu constates aussitôt qu'il y a beaucoup de fissures dans la roche. Si tu étais un Mimi, tu adorerais habiter là !

Rajani examine chaque trou et chaque crevasse.

– Je ne vois rien, déclare-t-elle. Évidemment, ils sont tout petits... Ou ils se sont bien cachés à notre approche.

– Ils ont peut-être le don de se rendre invisible ! suppose Kumiko.

Tu es un peu déçue. Tu as vraiment espéré trouver les Mimis !

Tu t'inquiètes de l'heure. Il ne s'agit pas de traîner. Tu te consoles en pensant que ce soir, tu vas enfin rencontrer Jimmy. Encore un peu de patience !

poursuis ta lecture chapitre 14

Tu ne veux pas renoncer aussi vite. Tu décides de grimper au sommet des rochers dans l'espoir de découvrir quelque chose.

rendez-vous chapitre 15

Chapitre 14

Cet après-midi n'en finit pas ! Après les cours, tu dois encore réviser tes leçons. Pauline te supplie de l'aider avec les exercices de maths. Tu fais preuve de patience avec elle parce qu'elle a vraiment des soucis avec cette matière…
Enfin, tu es libre ! Tu t'empresses de te rendre au réfectoire pour le dîner. Évidemment, tu es la dernière, merci Pauline !
Tu aperçois tes amies en compagnie d'un garçon à l'air sympathique. Tu t'assois en face de lui.

– J'espère que vous n'avez pas commencé sans moi ! t'exclames-tu. Oh pardon ! Bonjour, Jimmy, je suis ravie de faire enfin ta connaissance. Alors, ces Mimis ? Vite, raconte-moi tout !

– Elle est toujours comme ça ? demande Jimmy. Ou c'est moi qui lui fais de l'effet ?

– Non mais je rêve ! se moque Alexa. Tu te crois irrésistible, ma parole !

– Je n'aime que toi, lui assure Jimmy en lui prenant la main.

Alexa rougit. C'est bien la première fois que tu la vois aussi troublée !

– Oui, bon, ça va... dit-elle. Hum... Passons aux choses sérieuses !

Le regard de Jimmy s'assombrit. Il paraît triste tout d'un coup. Alexa vous explique la situation. Jimmy a fait une bêtise qu'il regrette beaucoup. Il s'est rendu dans un lieu que les Aborigènes considèrent comme sacré. C'est interdit ! Depuis, il n'a que des ennuis avec les animaux. Son oncle Djalu l'a emmené chez un Grand Sage de sa tribu. Le Sage a communiqué avec les Esprits du

Temps du Rêve. C'est ainsi que Jimmy a appris qu'il avait fâché les Mimis.

– Ah, oui, je comprends mieux, maintenant ! déclare Rajani. On a lu sur Internet que les Mimis sont des Esprits très liés à la nature et en particulier aux animaux. Est-ce que ça aurait un rapport avec les chevaux qui se comportent si bizarrement depuis dimanche ? C'est justement le jour de l'arrivée de Jimmy à l'école !

– Et les Mimis se cachent dans les rochers, ajoute Idalina. S'ils ont suivi Jimmy jusqu'ici, où seraient-ils ? Peut-être pas très loin...

Elle est interrompue par Miss Daisy.

– Eh bien, jeunes filles, vous n'avez donc pas pitié de ce pauvre garçon ?

Sur le moment, tu crois que Miss Daisy est au courant de la malédiction ! Mais non, en fait, elle parle du long trajet en avion et du décalage horaire.

– Votre ami a besoin d'une bonne nuit de sommeil, dit-elle. Et vous, vous avez cours demain !

Jimmy bâille. C'est vrai qu'il est fatigué.

Tu aurais bien voulu continuer cette passionnante conversation. Mais ton lit t'attend !

continue chapitre 18

Chapitre 15

Naïma pense que tu ne devrais pas grimper sur les rochers sans être bien équipée. Quand elle fait de l'escalade avec ses camarades du cours d'acrobatie, M. Tremblay sécurise toujours ses élèves avec des cordes. Tu es vexée qu'elle ne te fasse pas confiance.

– Je sais ce que je fais ! déclares-tu. Ce n'est pas ma première fois !

Tu te prends pour une alpiniste ! Mais quand tu commences à monter, tu n'es plus aussi sûre de toi. C'est qu'ils sont vraiment hauts, ces rochers… Et pour tout arranger, il a plu ce matin et la paroi est mouillée et glissante. Tu te concentres sur tes mouvements. Allez, courage !

Aïe ! Ton pied droit dérape ! Tout se passe si vite que tu n'as même pas le temps de comprendre ce qui t'arrive. Tu te retrouves par terre. Tu entends les cris affolés d'Idalina. Tu es un peu sonnée mais tu veux te relever, par fierté sans doute ! Mauvaise idée ! Tu hurles de douleur dès que tu bouges ton pied.

– Ma cheville ! gémis-tu. Oh, oh… J'ai trop mal !

Rajani garde son sang-froid. Elle demande à Naïma d'aller chercher M. Tremblay. Naïma est la plus rapide à la course ! En attendant, Rajani te conseille de rester allongée. Elle t'aide à enlever ta chaussure. Oh là, là ! Ta cheville est déjà tout enflée ! Malheureusement, ce n'est pas M. Tremblay qui va te rassurer. Il t'examine en hochant la tête.

– C'est sans doute une méchante entorse, suppose-t-il. Le médecin

décidera si une radio est nécessaire
ou non.

Il s'éloigne de quelques pas pour téléphoner.
Tes amies te regardent d'un air désolé.

Pour toi, l'aventure s'arrête là.
Ce n'est vraiment pas de chance, mais tu n'as pas été très prudente ! Allez, ce n'est pas si grave puisque tu peux recommencer depuis le début et faire de meilleurs choix.

Chapitre 16

Jimmy a l'air si malheureux que tu essaies de lui remonter le moral.

– Je suis sûre que ça va s'arranger, dis-tu. Cette malédiction ne doit pas être si terrible que ça !

– Oh si ! répond Jimmy. Le Grand Sage m'a prévenu que ça serait de pire en pire ! Mon oncle et ma mère le pensent également. Je ne les ai jamais vus aussi inquiets.

– Et tu as remarqué quelque chose, déjà ? demandes-tu.

– Oui, oui ! affirme-t-il. J'ai sans cesse des problèmes avec les animaux ! Tiens, par exemple, avec Belize, le cheval d'Alexa. Il est toujours heureux de me voir, mais maintenant, je ne peux même pas l'approcher, il piaffe et me montre les dents. Il y a trois jours, j'ai été attaqué par un émeu ! Les émeus sont dangereux et ils courent très vite ! J'ai été obligé de me réfugier dans un arbre jusqu'à ce qu'il parte ! Et le lendemain, j'ai eu la peur de ma vie en me retrouvant face à face avec un crocodile. Dans mon jardin !

Tu imagines ? Dans mon jardin !

Ça te laisse songeuse. Tu voudrais poursuivre cette conversation et connaître plus de détails. Mais tu ne peux pas car tu aperçois Pauline qui court vers vous. Elle semble très excitée.

– Super nouvelle ! crie-t-elle. Nous sommes toutes les deux sélectionnées pour le spectacle de hip-hop ! Et encore mieux ! On est dispensées de cours cette semaine pour travailler la chorégraphie avec Mme Jensen ! Viens ! On nous attend dans la salle de danse !

Tu échanges un regard avec Alexa. Elle sait que tu as travaillé dur pour préparer les auditions de ce spectacle. Tu es contente d'avoir réussi, bien sûr. Hélas, ça signifie que tu n'es plus disponible pour aider Jimmy.

Dommage… Tu dois quitter l'aventure et te consacrer aux répétitions du spectacle. Heureusement, tu peux recommencer depuis le début et faire d'autres choix !

Chapitre 17

Tu arrives en retard pour le dîner. C'est un de tes défauts, tu n'es jamais à l'heure ! Jimmy et les Kinra Girls sont installés à une table à l'écart. Tant mieux, vous pourrez discuter tranquillement. Tu comprends, en voyant leurs visages sérieux, que Jimmy a déjà raconté son histoire.

– Ah, vous savez tout ! dis-tu en t'asseyant.

– Oui, acquiesce Naïma. Bien sûr, nous ne sommes sûres de rien mais nous pensons que les Mimis ont suivi Jimmy jusqu'ici. Le comportement étrange des chevaux serait dû à la malédiction.

– Dans ce cas, les Mimis doivent se cacher quelque part, remarque Idalina. Peut-être dans les rochers au fond du parc puisque ces Esprits aiment vivre

dans les fissures et les cavités.
– Si seulement on pouvait communiquer avec eux ! t'exclames-tu.
– Oui mais comment ? s'interroge Naïma. Nous ne sommes pas des Grands Sages, nous !
– Surtout Alexa ! plaisante Kumiko.
– Sages ou pas, dit Rajani, nous avons des cerveaux ! Je propose que nous tenions une bora mercredi après-midi au kiosque du labyrinthe végétal pour réfléchir à tout ça et prendre des décisions.

La nuit porte conseil, dit-on. Tu espères que c'est vrai !

on se retrouve chapitre 18

Chapitre 18

Tu cours vers la salle de spectacle du château où Yvonne Swann donne une conférence pour les élèves de l'école. Et, bien sûr, tu as encore trop traîné dans ta chambre. Tu arrives juste à temps. Kumiko t'a gentiment gardé une place à côté d'elle. Yvonne entre en scène avec une petite valise et un grand carton.

– Bonjour à toutes et à tous ! dit-elle. Vous ne m'en voudrez pas, mais je vais faire comme chez moi...

Elle s'assoit par terre, en tailleur.

– C'est comme ça que je travaille ! Comme les artistes aborigènes le font depuis des milliers d'années.

Yvonne sort quelques-unes de ses œuvres du carton. Elle explique qu'elle peint sur des écorces d'arbres qu'elle va elle-même chercher dans le bush. Son arbre préféré est l'eucalyptus. L'écorce est d'abord séchée à l'aide d'un feu de brindilles et d'herbes. Ensuite, pour qu'elle soit bien plate, on pose des pierres dessus, que l'on laisse quatre ou cinq jours.

Les Aborigènes peignent aussi sur des parois rocheuses. Ces fresques portent le nom d'art rupestre. Ces peintures sont la mémoire du peuple aborigène et certaines ont été réalisées il y a 60 000 ans ! On trouve des scènes de chasse, des animaux et des humains, des créatures mythologiques et des empreintes de main.

Yvonne ouvre sa valise. Elle vous montre ses pots de peinture. Elle fabrique elle-même les couleurs qu'elle utilise. Le jaune, le rouge et le marron proviennent de la terre ocre et de pierres variées. Le blanc est fait avec de l'argile. Le noir, c'est tout simplement

du charbon. Pour que les couleurs résistent au temps et pour qu'elles soient plus faciles à utiliser, Yvonne les mélange à du miel. Cela s'appelle un liant.

Yvonne sait transmettre sa passion !

Tout le monde, toi y compris, a adoré cette rencontre avec elle et elle est très applaudie.

Kumiko s'agite à tes côtés. Dès qu'Yvonne a quitté la scène, elle se lève et se précipite vers Maître Wang, son professeur de dessin. Qu'est-ce qui lui arrive ? Tu es intriguée alors tu la suis.

Maître Wang accueille son élève avec un sourire.

– Vous souhaitez me parler, disciple ? demande-t-il.

– Oui, Maître, répond Kumiko. J'ai écouté Mme Swann avec beaucoup d'intérêt. Et voilà… J'ai eu une idée. Pour mon projet personnel de ce trimestre, je voudrais travailler à la façon des Aborigènes. Pensez-vous que je pourrais faire une peinture rupestre, ici, dans le parc ?

– C'est très ambitieux, disciple. Ça me plaît ! Je vous conseille d'y réfléchir et de me présenter votre projet en détail, jeudi. Si je le trouve suffisamment abouti, vous pourrez vous mettre au travail ce week-end.

– Merci, Maître, dit Kumiko en s'inclinant devant lui, à la manière japonaise.

Tu t'éloignes avec elle vers le couloir. Quand tu es sûre que personne ne peut t'entendre, tu exprimes ton enthousiasme.

– C'est génial ! Ton idée a un rapport avec les Mimis, n'est-ce pas ?

Kumiko prend un air mystérieux.

– Hum… Peut-être… On en reparlera à notre bora, demain !

Kumiko fait des cachotteries ! Vivement demain !

direction le chapitre 19

Chapitre 19

Un beau soleil d'automne brille sur le parc de l'Académie Bergström. Tu retrouves Alex et Jimmy en chemin pour le labyrinthe végétal. Ils se tiennent par la main, ils sont trop mignons !

Vous entrez dans le dédale et montez la butte. Le kiosque est tout en haut. On entend des rires. Les autres Kinra Girls sont déjà là.

– Ne vous pressez surtout pas ! vous dispute Naïma. On vous attend depuis des heures !

– À peine exagéré ! rétorque Alexa.

Rajani frappe dans ses mains.

– Je déclare la bora ouverte ! dit-elle. Idalina demande à prendre la parole en premier.

– Je pense que nous devons chercher les Mimis. S'ils sont ici, ils se cachent sûrement dans les rochers derrière les écuries.

– Je vote pour ! s'écrie Naïma.

– Moi aussi ! approuves-tu.

En fait, tout le monde est d'accord.

– C'est la bora la plus courte de toute l'existence des Kinra Girls ! remarqua Alexa en riant.

C'est le hasard qui va décider de la suite des événements. Utilise le dé.

Si tu tombes sur 1, 2 ou 3, va au chapitre 20.

Si tu tombes sur 4, 5 ou 6, va au chapitre 21.

Chapitre 20

Alors que vous approchez des écuries, vous apercevez les chevaux qui gambadent joyeusement. Rainer fait de son mieux pour les regrouper. Il vous voit et vous appelle.

– Venez vite m'aider ! Tous les chevaux se sont échappés ! Il faut les empêcher d'entrer dans la forêt !

Alexa court chercher des licols dans la sellerie. Pendant ce temps-là, sur les conseils de Rainer, vous essayez d'encercler les chevaux pour les repousser vers le pré clôturé. Quelques-uns ont pris goût à la liberté et Rainer doit les attraper au lasso, comme les cow-boys. Trop fort, Rainer ! Mais il manque un cheval : Sultan ! Rainer vous demande de le chercher dans le bois. Lui-même va vérifier si Sultan n'est pas retourné à l'écurie. Tes amis et toi, vous vous

séparez. Tu te diriges vers la rivière.
Tu n'as pas loin à aller. Sultan se tient immobile derrière un grand chêne. Il doit s'imaginer que c'est une bonne cachette !
Tu hésites. Tu n'as pas l'habitude des chevaux.
Quelle est la meilleure chose à faire ?

Tu as peur que Sultan ne s'éloigne encore davantage si tu n'interviens pas

tout de suite, alors tu décides de passer à l'action.

rends-toi chapitre 22

Tu préfères jouer la prudence et tu pars à la recherche de tes amis.

lis la suite chapitre 23

Chapitre 21

Mais que se passe-t-il ? Alors que vous vous approchez des écuries, vous apercevez les chevaux qui courent partout ! Rainer vous appelle à l'aide. Les chevaux se sont échappés, il faut les capturer au plus vite !

Tu vois qu'un cheval est entré dans le bois. Tu te précipites pour le rattraper. S'il s'enfonce dans la forêt, ça va être difficile de l'y retrouver.

Tu es surprise de rencontrer Ruby sur le chemin. Elle aussi paraît étonnée et elle n'a pas l'air à son aise. Mais il y a urgence et tu lui demandes de t'accompagner. Vous ne serez pas trop de deux pour ramener le cheval vers le pré.

– Tu es folle ? crie Ruby. Je ne vais pas risquer de me blesser pour un imbécile de cheval !

Elle te tourne le dos et s'éloigne. Tiens, c'est bizarre… Elle a quelques brins de paille collés à ses chaussures…

Tu trouves que le comportement de Ruby est suspect et tu décides de la suivre.

poursuis ta lecture chapitre 24

Tu préfères partir à la recherche du cheval fugitif.

rendez-vous chapitre 25

Chapitre 22

Sultan semble calme. Il ne t'a toujours pas vue. Tes jambes tremblent un peu mais tu t'approches courageusement. Tu arrives derrière lui. Encore un pas et tu peux poser ta main sur sa croupe. Le cheval, surpris, se cabre, hennit, puis lance une ruade. À peine le temps de comprendre ce qu'il se passe que tu te retrouves par terre. Sultan s'enfuit au galop. Tu appelles à l'aide. Jimmy et les Kinra Girls accourent à ton secours. Tu leur expliques ce qui t'est arrivé. Tu te plains d'avoir très mal au poignet.

– Il ne faut jamais s'approcher d'un cheval par-derrière ! s'exclame Alexa. Tu lui as fait peur.

– Ce n'est pas sa faute, elle ne le savait pas, dit gentiment Rajani. Je vais l'accompagner à l'infirmerie, elle n'a pas l'air bien.

Elle a raison. Tu as tellement mal que la tête te tourne. Rajani te soutient jusqu'au retour au château. C'est une vraie amie !

Emma, l'infirmière, examine ton bras.

Elle craint que ton poignet ne soit cassé.

Elle doit te conduire à l'hôpital pour passer une radio.

Tu n'as vraiment pas de chance !

Tu as cru bien faire mais ça s'est retourné contre toi. Ton aventure s'arrête là.

Allez, ce n'est pas si grave puisque tu peux recommencer depuis le début et faire de meilleurs choix.

Chapitre 23

Par chance, tu aperçois Alexa et Jimmy qui marchent sur le chemin. Tu cours après eux.

– Venez vite ! leur cries-tu. Je sais où est Sultan !

– Parfait ! répond Alexa. On ne sera pas trop de trois ! Surtout, restez calmes. Sultan est d'une nature inquiète. Ses réactions sont imprévisibles.

Vous suivez les conseils d'Alexa et vous vous approchez prudemment du cheval. Alexa souffle doucement dans ses mains, c'est une méthode efficace pour rassurer les chevaux. Sultan vous regarde et s'agite mais il ne tente pas de fuir. Alexa lui parle à voix basse. Sultan paraît apprécier ! Avec des gestes mesurés, Alexa lui passe le licol. Ouf ! Vous pouvez le ramener maintenant. Toutes les bêtes sont désormais en sécurité dans leur enclos. Les Kinra Girls, Jimmy et toi, vous vous asseyez dans l'herbe pour vous reposer. Vous l'avez bien mérité ! Rainer vous rejoint et vous remercie pour votre aide.

– C'est inouï ! s'exclame-t-il. Quand je suis revenu à l'écurie, j'ai trouvé toutes les portes des boxes grandes ouvertes ! Je ne connais pas de cheval capable de tirer un verrou. Quelqu'un a voulu faire une farce, je suppose. Je n'apprécie pas ce genre de plaisanterie, aussi mauvaise que stupide !

Il est vraiment en colère. Il part de ce pas prévenir M. Meyer.

– Je pense que c'est plutôt un coup des Mimis, dis-tu. Et je me demande si ce n'était pas eux qui se cachaient dans la paille le jour où j'ai découvert tous les chevaux couchés.

– Nous devons absolument calmer les Mimis ! déclare Naïma. Allons aux rochers !

– Attends ! la prie Rajani. Je crois que nous ne devrions pas nous précipiter. Nous risquons d'aggraver encore les choses. Prenons le temps de la réflexion.

Kumiko propose d'aller prendre une tasse de thé à la cafétéria. Vous avez besoin d'un bon remontant pour vous remettre de ces émotions !

En route pour le château !

continue chapitre 26

Chapitre 24

Tu trouves que Ruby n'a pas l'air d'avoir la conscience tranquille. Tu la soupçonnes d'avoir ouvert les boxes des chevaux. Cette paille sous ses chaussures vient forcément de l'écurie ! Tu te demandes quels mauvais tours cette peste a encore en réserve.

Tu la suis dans la forêt, en te cachant derrière les buissons et les arbres. Tu as raison d'être prudente : Ruby se retourne souvent. Où va-t-elle ? Peut-être a-t-elle rendez-vous avec Michelle et Jennifer.

Ruby s'aperçoit qu'elle a des brins de paille collés à ses semelles. En vain, elle essaie de s'en débarrasser en les grattant avec un petit bout de bois. Elle s'énerve ! Elle se dirige vers la rivière. Elle trempe légèrement une chaussure dans l'eau dans l'espoir que la paille se détache. Comme ça ne marche pas, elle essaie à nouveau avec son bout de bois. En équilibre sur un pied, Ruby vacille brusquement. Elle pousse un hurlement. Oh non ! Elle est tombée dans la rivière ! Tu te précipites à son secours.

– Donne-moi la main ! lui cries-tu.

Ruby ne paraît pas t'entendre. Elle se bat contre le courant. Tu ne peux pas l'abandonner ! Courageusement, tu te jettes à l'eau. Heureusement, tu es une bonne nageuse. Tu attrapes le bras de Ruby et tu parviens à la ramener vers la berge. Vous êtes saines et sauves mais vous êtes transies de froid.

– Fais quelque chose ! braille Ruby. Je suis gelée !

– Moi aussi ! rétorques-tu. Viens, nous devons rentrer au plus vite !

– Je ne peux pas ! gémit Ruby. Je suis épuisée !

– Fais comme tu veux ! Moi, je m'en vais !
Ruby s'affole à l'idée de rester toute seule. Elle se décide à te suivre. C'est dur de marcher avec des vêtements dégoulinants d'eau. Tu grelottes, mais contrairement à Ruby, tu ne te plains pas. Votre arrivée au château ne passe pas inaperçue !
On vous regarde avec stupéfaction. Miss Daisy, l'assistante du directeur, vous croise dans le hall. Elle ne perd pas de temps à vous demander des explications. Elle vous envoie immédiatement dans vos chambres et part chercher Emma l'infirmière.
Tu prends une douche brûlante pour te réchauffer. Quand Emma vient te voir, tu lui dis que tu ne te sens pas très bien. Elle te conseille de te coucher et de te reposer. Tu t'es enrhumée, c'est sûr. Plus tard dans la soirée, tu as de la fièvre et une méchante toux.

Et tu crois que Ruby t'aurait remerciée ? Même pas !

Tu es trop malade pour continuer l'aventure. Console-toi : tu es une vraie héroïne ! Dès que tu iras mieux, tu pourras recommencer depuis le début et faire d'autres choix.

Chapitre 25

Alexa et Jimmy te rejoignent et, à vous trois, vous partez à la recherche du cheval fugitif. Heureusement, il n'est pas allé très loin ! Il vous suit docilement. Peut-être que ça ne lui plaît pas d'être tout seul dans la forêt, finalement !

– On a fait assez de sport pour toute la semaine ! rit Alexa.

Tu souris, mais tu restes songeuse. Tu repenses à Ruby. Pourquoi traînait-elle dans les parages ? Et d'où venait la paille collée sous ses semelles ? C'est évident : Ruby est allée dans l'écurie.

Jimmy te tire de ta rêverie.

– Allez les filles, on rentre au château. Toutes ces émotions m'ont épuisé. Une petite sieste avant le dîner me paraît être une bonne idée !

Tu es d'accord avec Jimmy. Tu as bien mérité de te reposer !

on se retrouve chapitre 27

Chapitre 26

Tous ces événements te perturbent et tu marches, plongée dans tes pensées.

– C'est de ma faute ! soupire Jimmy. Je suis désolé d'être la cause de tous ces problèmes !

– Ce qui est fait est fait, répond Naïma. Ça ne sert à rien de se lamenter !

– Le Grand Sage ne t'a pas dit quel genre de rituel pourrait calmer les Mimis ? demande Idalina à Jimmy.

– Bien sûr que non ! Il m'a seulement promis qu'il parlerait aux Esprits. Pour la cérémonie, il faudra que j'attende d'être de retour en Australie.

Rajani a l'air perplexe. Elle vous fait part de ses réflexions.

– Est-ce que nous n'avons pas un peu trop d'imagination ? Les Mimis n'ont peut-être rien fait du tout ! N'importe qui aurait pu ouvrir les portes des boxes. Mais qui ? Et pourquoi ? C'est une idée idiote !

– Des idiotes, j'en connais trois, réponds-tu. Ruby, Michelle et Jennifer !

Alexa te regarde. Elle est troublée.

– Ruby ? répète-t-elle. Ce n'est pas impossible... Elle sait que je suis souvent de corvée pour nettoyer les stalles. J'aurais pu être accusée d'avoir libéré les chevaux !

– Cette peste est prête à tout pour nous nuire, déplore Idalina.

Voilà qui te donne à réfléchir !

Où est la vérité ?

direction le chapitre 27

Chapitre 27

Après une douche et une petite sieste, tu te prépares à descendre pour le dîner. Tu penses à la malédiction. Ça te fait un peu peur, cette histoire.

Pour une fois, tu arrives à l'heure au dîner. Tu vas te servir au buffet puis tu rejoins tes amis à leur table. Tu leur fais part de tes inquiétudes. Idalina est d'accord avec toi.

– Il faut absolument calmer la colère des Mimis, dit-elle.

– Est-ce qu'on n'exagère pas le danger ? doute Rajani. Peut-être même qu'on se trompe complètement. Après tout, des chevaux qui s'échappent, ce n'est pas si extraordinaire que ça.

– Mais on n'est sûrs de rien, rétorque Kumiko. J'ai eu une idée pendant la conférence de Mme Swann. Pour le cours de Maître Wang, nous devons présenter une œuvre personnelle, ce trimestre. Je lui ai demandé l'autorisation de réaliser une peinture rupestre, à la manière des artistes aborigènes. Il a accepté. Vous voulez voir mon dessin préparatoire ?

Elle prend un rouleau de papier posé sur la chaise vide à côté d'elle. Elle le déroule et vous découvrez l'esquisse d'une grande fresque colorée.

– Oh ! C'est magnifique ! t'exclames-tu.

– C'est gentil, te remercie Kumiko. Mais ce n'est pas seulement pour obtenir une bonne note que j'ai imaginé ce projet. Vous me suivez ?

– Pas vraiment, avoue Alexa.

– Alors, c'est que tu n'as pas bien écouté Mme Swann ! répond Kumiko en riant. Elle nous a expliqué qu'elle mélangeait ses couleurs avec du miel !

– J'ai compris ! s'écrie Naïma. Tu veux faire comme au Bénin en offrant de la nourriture aux Esprits ! Vous croyez que le miel suffira pour apaiser les Mimis ?

– J'ai testé d'autres mélanges, la rassure Kumiko. Avec du lait et de la farine. Ça marche aussi ! Et je ne vous ai pas encore dit le meilleur... Maître Wang aime beaucoup mon projet, mais il pense qu'il est très ambitieux et que j'aurai du mal à l'exécuter toute seule. Il a proposé que tous ceux qui le souhaitent m'aident à peindre la fresque ! Sous ma direction, évidemment.

– Oh, génial ! s'enthousiasme Jimmy. Les Mimis vont apprécier, c'est certain !

Rajani et toi échangez un regard. Est-ce que Kumiko et Jimmy ne sont pas trop optimistes ? Et puis, si Rajani a raison, les derniers événements, aussi étranges soient-ils, n'ont peut-être rien de surnaturel.

Il vaut mieux mettre tes doutes de côté et ne pas rater une occasion de passer un bon moment avec tes amies.

direction le chapitre 28

Tu es persuadée que vous êtes allées trop vite. Il y a peut-être encore des choses à découvrir.

va au chapitre 29

Chapitre 28

Quand tu as tiré le rideau de ta fenêtre, ce matin, tu as vu le magnifique soleil dans un ciel bleu sans nuage. On ne pouvait pas espérer mieux pour peindre à l'extérieur ! Tu es impatiente que les cours de la matinée se terminent. Tu retrouves tes amis et les élèves du cours de dessin au réfectoire. L'ambiance est à la fête. Vous êtes peut-être un peu trop excités ! La joyeuse bande se met en route après le déjeuner. Maître Wang, malgré son âge, n'est pas le dernier à arriver aux rochers.
Réaliser une fresque de cette taille n'est pas si facile. Au début, Kumiko ne sait pas trop par où commencer. Puis elle s'enhardit. Elle trace les grandes lignes à la craie blanche. Elle connaît son dessin par cœur et n'a presque pas besoin de vérifier sur son

esquisse ce qu'elle doit faire. Maître Wang l'observe attentivement mais il n'intervient pas. Kumiko distribue les couleurs et donne à chacun une zone à colorier.

– Allez-y franchement ! dit-elle. Il faut bien couvrir toute la surface. Surtout n'hésitez pas à mettre plusieurs couches. Plus il y en aura, mieux ce sera !

Tout le monde plonge les mains dans les pots de couleur. Ça colle, c'est salissant… Et c'est très amusant !

Vous êtes tellement concentrés sur votre travail, que vous ne voyez pas approcher Mme Swann et la plupart de vos professeurs. Ils sont intéressés par ce que vous êtes en train de faire. Yvonne Swann demande à Maître Wang si elle peut participer.

– Ce serait un honneur, répond Maître Wang en s'inclinant. Mais ce n'est pas moi qui commande !

Kumiko, comprenant que c'est à elle de décider, reste muette sous le coup de l'émotion. Yvonne est une artiste mondialement connue ! La Japonaise se reprend et lui tend un pot de couleur bleue.

– Hum... fait Yvonne en remuant les doigts dans le pot. Du miel, n'est-ce pas ? C'est parfait pour les gourmands.

Yvonne adresse un clin d'œil à Kumiko. Aurait-elle deviné que la fresque est une offrande aux Mimis ?

Beaucoup d'élèves de l'école viennent voir ce qui se passe. Au fur et à mesure que la fresque avance, ce qu'elle représente est de plus en plus évident. Des fleurs, des papillons, d'autres insectes ailés, des oiseaux ! Kumiko a vraiment du talent. Ruby et ses deux amies n'ont pas résisté à la curiosité et rôdent autour des rochers en faisant des remarques désagréables.

– Ils ont de la peinture jusque dans les cheveux ! s'écrie Michelle. C'est dégoûtant !

– Ce que c'est laid, cette fresque, commente Ruby. Ces couleurs vives, quel manque de délicatesse !

Maître Wang se tourne vers elles. Il lève un sourcil. C'est suffisant pour mettre les pestes en fuite. Ça te fait bien rire !

La fresque est si imposante qu'il vous faut plusieurs heures pour l'achever. La lumière a changé avec le déclin du soleil sur l'horizon. Les rochers brillent d'un étonnant éclat doré. Tous les artistes reculent pour admirer leur œuvre. Le silence règne. Vous ne vous êtes pas rendus compte, absorbés par votre tâche, que vous avez réalisé une fresque magnifique. Et vous êtes sous le choc !

Yvonne hoche la tête en souriant.

– Eh bien, Maître Wang, dit-elle,

vous pouvez être fier de ces enfants.

– Je le suis, répond le professeur.

Yvonne vous regarde, toi, les Kinra Girls et Jimmy.

– C'est un rêve que vous avez peint... J'y vois une célébration de la nature où tout existe en harmonie, où il n'y a plus de frontière entre la réalité et l'imaginaire, où l'on a le droit de croire à l'impossible...

Maintenant, tu en es sûre. Yvonne a compris que votre fresque est une offrande pour apaiser les Mimis !

rends-toi chapitre 34

Chapitre 29

Tu as besoin de te changer les idées. Alors quand Pauline te propose de jouer aux dames, tu acceptes avec joie. Demain, les cours ne débutent qu'à 11 heures, vous pouvez vous coucher plus tard ! Au bout de trois parties, tu commences à te lasser. Surtout que Pauline n'arrête pas de gagner ! D'habitude, tu réussis mieux que ça. Toutes les émotions de ces derniers jours t'ont épuisée. Heureusement, Pauline est fatiguée, elle aussi. Vous vous souhaitez bonne nuit et vous vous endormez bien vite, toutes les deux.

Ton réveil sonne à 7 heures. C'est bête, tu as oublié de le régler ! Pauline râle et essaie de se rendormir. Tu hésites à l'imiter. Et si tu en profitais pour essayer d'y voir plus clair dans toute cette histoire ? Tu te lèves et tu t'habilles en prenant garde de ne pas déranger davantage Pauline.

Tu décides d'aller te promener dans le parc pour réfléchir tranquillement.

lis la suite chapitre 30

Tu préfères aller parler à Rainer pour en apprendre plus sur les événements de la veille.

va au chapitre 33

Chapitre 30

Tu sors dans le parc. Le soleil joue à cache-cache avec les nuages. Si seulement il pouvait faire beau ! Tu aperçois Ruby et ses deux amies qui se promènent. Tu n'as pas du tout envie de les croiser. Tu préfères faire demi-tour.

Tu rencontres Rajani et Kumiko qui se sont levées tôt, elles aussi.

– Idalina est partie à son audition de chant, te dit Rajani. Jimmy doit accompagner sa mère pour une conférence. Alexa est avec lui en attendant leur départ. Ils veulent profiter de chaque minute ensemble, nos amoureux !

– Tu es occupée, tout de suite ? te demande Kumiko. J'ai la salle de dessins à ma disposition avant le début des cours.

Si tu veux, tu peux m'aider à préparer mes couleurs… gourmandes !

Rajani regarde sa montre et râle.

– Naïma nous avait promis de nous rejoindre ce matin ! Je parie que cette paresseuse dort encore ! Tu viens avec moi la tirer du lit ?

Tu as très envie de mettre les mains dans le miel, le lait et la farine en compagnie de Kumiko.

poursuis ta lecture chapitre 31

L'idée de réveiller Naïma t'amuse !

rendez-vous chapitre 32

Chapitre 31

L'atelier de Maître Wang baigne dans une douce lumière. Tu prends le temps d'admirer les estampes et les calligraphies accrochées aux murs. Tu touches un peu à tout, aux pinceaux, aux crayons, aux boîtes de pastels et d'aquarelle. Ça te fait envie. Tu as toujours adoré peindre.

– Quand tu auras fini de faire l'inventaire, on pourra se mettre au travail, dit Kumiko, amusée.

– Tu as de la chance de suivre ce cours. J'aurais aimé, moi aussi. Mais je ne suis pas assez douée pour le dessin, soupires-tu.

– Tu as d'autres qualités, réponds gentiment Kumiko.

Elle prend un grand sac au pied d'une table.

Elle en sort des pots de miel, des packs de lait et des paquets de farine.

– Tu as dévalisé la cuisine ! t'exclames-tu. Le chef Luigi n'a pas dû apprécier !

– On ne peut rien refuser à Maître Wang. Il lui suffit de sourire et il obtient tout ce qu'il veut ! Je devrais essayer sa méthode !

Kumiko te fait rire. Elle est connue pour son caractère… difficile. Elle te donne un grand tablier parce que vous allez vous salir !

– Mes camarades de cours m'ont aidée à préparer les couleurs, t'explique-t-elle. Alors, là, il y a la terre ocre pour le jaune. Ça, ce sont les pierres réduites en poudre pour le rouge. Et ça, c'est le charbon pour le noir. Maître Wang nous autorise à utiliser le pot déjà prêt d'indigo. C'est un peu de la triche, mais on n'avait pas ce qu'il fallait pour fabriquer nous-mêmes la couleur bleue.

Vous versez le lait, le miel et la farine dans des récipients. Puis vous ajoutez les pigments de couleur.

– Il faut bien mélanger, conseille Kumiko. Et surtout ne pas hésiter à remettre des aliments. Nous allons offrir un festin aux Mimis !

– Tu y crois vraiment aux Mimis ? lui demandes-tu.

– Au Japon, les Esprits font partie de notre vie de tous les jours. On les appelle les Kamis. Ils sont partout, dans les arbres, les rivières ou les rochers !
On les vénère dans les temples, on leur fait des offrandes, on les prie avant de prendre une décision et on implore leur protection. Il ne faut surtout pas les fâcher, ils peuvent se venger ! On montre aussi beaucoup de respect aux ancêtres. Alors, je comprends Jimmy. Nous ne

sommes pas si différents, lui et moi !

Et toi, que penses-tu ?

– Je crois que l'univers est bien mystérieux et que nous ne savons pas tout.

– Voilà qui est plein de sagesse ! approuve Kumiko en souriant.

Tu te souviendras longtemps de ce moment de complicité entre elle et toi. Et peut-être que l'amitié est la plus belle preuve que la magie existe.

Tu as hâte de faire la fresque, parce que ce sera la fête de l'amitié avant tout !

continue chapitre 28

Chapitre 32

Ça fait dix minutes que vous tambourinez à la porte de Naïma. Enfin, celle-ci vient vous ouvrir. Elle est encore en pyjama et, visiblement, elle n'est pas bien réveillée !

– Tu te moques de nous ! la dispute Rajani. Ce n'est pas possible d'avoir le sommeil aussi lourd !

– Oh bon, ça va… proteste Naïma. Y a pas le feu, non plus.

– Tu as déjà oublié la malédiction ? rétorque Rajani. Pour Jimmy, il y a urgence !

Naïma bâille, mais vous laisse quand même entrer. Vous vous asseyez sur son lit.

– Vous y croyez vraiment aux Mimis ? demandes-tu.

– Moi, oui ! s'exclame Naïma. Tous ces problèmes avec les animaux, ça ne peut pas être des coïncidences ! Il se passe quelque chose, c'est évident !

– Il faut reconnaître que c'est inhabituel, dit Rajani. Mais tout ce qui est arrivé depuis que Jimmy est là peut sûrement s'expliquer sans y mêler les Esprits. Finalement, ce n'est pas si important. Réaliser cette fresque tous ensemble est une merveilleuse façon de célébrer la beauté du monde !

– Oh, ça, ça me plaît ! approuves-tu. Et s'il y a des Mimis, ils apprécieront, j'en suis persuadée !

Tu aimes la manière de penser de Rajani.

rendez-vous chapitre 28

Chapitre 33

À cette heure, le parc est désert. Tu apprécies cette promenade, malgré le froid mordant en ce début de matinée. Quand tu arrives aux écuries, tu ne vois personne. Tu entres, la boule au ventre. Que vas-tu trouver, cette fois ? Ouf ! Les chevaux sont calmes. Sultan vient même solliciter quelques caresses. Tout en lui flattant l'encolure, tu scrutes les moindres recoins de son box. Mais non, il n'y a rien ! Aucun bruit, pas le plus petit mouvement sous la paille.

Tu sursautes quand une voix t'interpelle.

– Holà, jeune fille ! Que fais-tu ici ?

C'est Rainer. Il sort de la sellerie.

– Bonjour, monsieur, réponds-tu. Je ne fais rien de mal, je voulais seulement m'assurer que les chevaux allaient bien, après leur escapade d'hier. Et puis, je voulais vous dire... Dimanche dernier, j'ai découvert tous les chevaux couchés et ils refusaient de bouger. Il y avait des choses qui remuaient dans le foin mais je ne les voyais pas, comme si elles étaient invisibles ! C'était tellement bizarre !

– Tu crois que les écuries sont hantées ? plaisante Rainer. Il n'y a pas de fantômes, ici, je te le promets ! En revanche, nous avons un gros problème de souris... Elles adorent la belle paille ! Quant au comportement inhabituel que tu as remarqué, il a une explication. Les chevaux ont reçu une dose de vaccin, ils étaient tout simplement fatigués ! Je reconnais que ça m'a un peu inquiété, c'est pour ça que je suis allé chercher le vétérinaire pour qu'il vérifie la santé des bêtes. Comme tu le vois, ils se portent très bien, maintenant !

– Mais comment sont-ils sortis de leurs boxes ? demandes-tu. Parce que ça aussi, c'est étrange !

– Un mauvais plaisantin, grogne Rainer. Si jamais j'apprends qui c'est, il va le regretter ! Allez, jeune fille, je te conseille de filer d'ici avant que je ne t'embauche pour nettoyer les stalles !

Non merci ! Tu t'empresses de partir.

Les explications de Rainer ne t'ont pas convaincue. Tu décides de participer au projet de Kumiko pour apaiser les Mimis.

direction le chapitre 28

Mais oui, Rainer a raison ! Tu as hâte de rapporter les explications de Rainer à tes amis.

rends-toi chapitre 35

Chapitre 34

La vie à l'Académie Bergström a repris son cours normal. Jimmy et Mme Swann sont rentrés chez eux. Les Kinra Girls et toi, vous êtes un peu tristes. C'est la vie ! Alexa a reçu de bonnes nouvelles d'Australie. Le Grand Sage a parlé aux Esprits. Et, bien qu'il ne sache pas pourquoi, les Mimis ont pardonné sa bêtise à Jimmy. Tu as ta petite idée sur ce qu'il s'est passé !
Ça fait plusieurs jours qu'il pleut. Personne ne se l'explique, mais la fresque ne s'efface pas. Les couleurs sont même de plus en plus resplendissantes. Comme l'a dit Yvonne : vous avez peint un rêve...

Félicitations, tu as terminé cette aventure ! N'hésite pas à recommencer depuis le début et à prendre d'autres chemins.

Chapitre 35

C'est une longue journée qui t'attend.
Les études sont sérieuses à l'Académie Bergström ! Tu espères pouvoir parler avec Jimmy et les Kinra Girls pendant le déjeuner. Mais le sort en décide autrement. Tu as oublié qu'Idalina a une audition de chant aujourd'hui et qu'elle est absente. Jimmy n'est pas là non plus. Il accompagne sa mère qui donne une conférence en ville. Tu préfères remettre la discussion à ce soir, quand tout le monde sera de retour.
Enfin ! Il est l'heure du dîner et tu retrouves toute la bande au réfectoire. Tu remarques que Jimmy n'a pas beaucoup d'appétit. Pourtant le chef Luigi a cuisiné ses fameuses lasagnes. Tout le monde les adore !
Tu rapportes la conversation que tu as eue

avec Rainer. Tu as trouvé le professeur très convaincant.

– Je crois qu'on a vu ce qu'on voulait voir, déclares-tu. Nous avons peut-être trop d'imagination. Je ne suis pas sûre qu'il y ait des Mimis ici.

– Moi, je le suis, répond Jimmy. Tu veux une preuve ?

Il relève la manche de son pull et te montre son bras. Tu constates qu'il a été piqué à de multiples reprises.

– J'ai été dévoré par les *mozzies*, la nuit dernière !

– Qu'est-ce que c'est, des *mozzies* ? demandes-tu.

– C'est comme ça qu'on appelle les moustiques en Australie, t'explique Alexa. Il ne devrait plus y avoir de moustiques en cette saison !

– Ce n’est pas très fréquent, sans doute, admets-tu. Mais les moustiques survivent parfois en hiver s’ils sont restés dans un endroit chaud… Comme dans le métro !

– Ce n’est pas tout, reprend Jimmy. Aujourd’hui, j’étais avec maman et, avant sa conférence, nous sommes allés déjeuner dans un restaurant. En ressortant, j’ai été entouré par une nuée de pigeons ! Ils n’en avaient qu’après moi, ils ne se sont pas approchés de ma mère ! Maman a trouvé ça étonnant, elle aussi.

Tu t’interroges. S’agit-il de simples coïncidences, de pure malchance ou d’une vraie malédiction ?

– Tu ne veux pas participer à ma fresque, si je comprends bien, te dit Kumiko.

– Oh, bien sûr que si ! t'exclames-tu. C'est un très beau projet ! Je ne voudrais rater ça pour rien au monde !

Et puis, on ne sait jamais... S'il y a des Mimis, tu ne voudrais pas les fâcher à ton tour !

lis la suite chapitre 28

Les Aborigènes

Un aborigène est une personne qui habite un pays depuis ses origines. Les aborigènes d'Australie s'y sont installés il y a 60 000 ans. Au début, c'était des chasseurs-cueilleurs, qui voyageaient presque tout le temps. Les hommes chassaient les animaux, tandis que les femmes et les enfants s'occupaient de la cueillette des fruits, des légumes, des racines et des céréales.

Aujourd'hui, les Aborigènes représente une petite partie de la population de l'Australie. Ils sont très religieux, et communiquent avec les Esprits. Pour eux, la nature est sacrée, et la respecter signifie aussi respecter les Esprits.

Ce sont également de grands artistes, et ils ont su garder une très grande part de leur culture et de leur savoir. Ce sont d'excellents peintres. Ils pratiquent leur art sur des écorces, des tissus ou des parois rocheuses. Ils ont aussi conservé beaucoup de chants anciens, de danses, de maquillages traditionnels et ont développé des instruments très particuliers.

Leur passe-temps le plus célèbre est la pratique du boomerang.

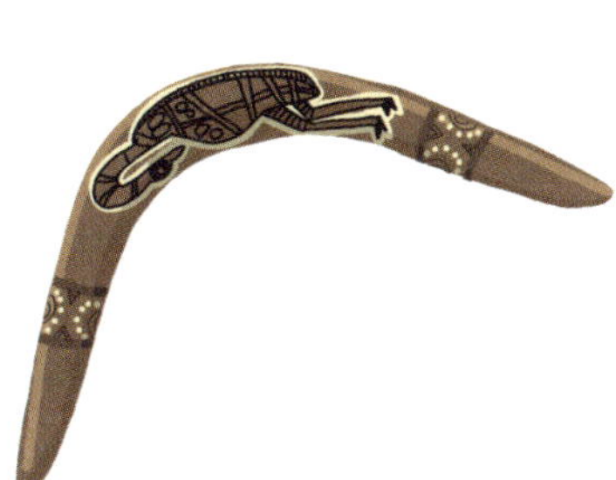

Les Mimis

© shutterstock Solodov Aleksei

Dans la culture aborigène australienne, les Mimis sont des Esprits de la nature qui vivent dans les rochers. Ce sont de minuscules créatures, filiformes et lumineuses, qui aiment vivre dans les fissures et les cavités. Les Mimis sont très liés à la nature, ce sont les protecteurs de toutes les créatures vivantes, en particulier des animaux.

Les Grands Sages aborigènes ont le pouvoir de communiquer avec les Esprits. À travers eux, les Mimis ont appris aux Aborigènes le don de domestiquer les animaux et de peindre.

Cependant, les Mimis se cachent des humains, et si on les approche trop, il leur suffit de souffler sur un rocher pour ouvrir une crevasse dans laquelle ils se faufilent.

Les Mimis sont des Esprits vifs, qui peuvent rapidement s'énerver s'ils se sentent provoqués ! Pour les apaiser, une cérémonie sacrée est nécessaire. Ce sont aussi des créatures très gourmandes.

Le mont Uluru, ou Ayers Rock, est situé au centre de l'Australie et est considéré comme une montagne sacrée par les aborigènes du pays.

Le code Mullee Mullee

La présence d'un accessoire (drapeau, étoile, fleur...) indique le début d'un mot.

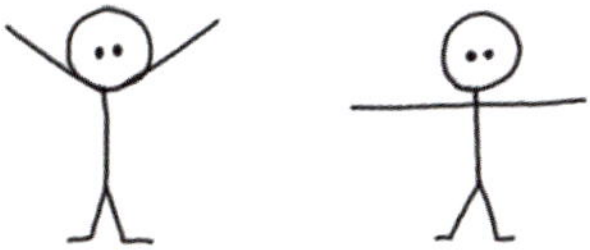

Au secours Danger Tout va bien

Bora = réunion secrète.

Borakawa = rendez-vous au moulin.

0% = attention, les pestes sont dans le coin.

Faire un clin d'œil 2 fois de suite :
SUIVEZ-MOI !

Se mettre un doigt dans le nez :
PESTES EN VUE !

Se tirer l'oreille :
ATTENTION ! Quelqu'un nous écoute !

Se gratter le haut du crâne comme un singe :
BORA

Tirer la langue en serrant le cou :
AU SECOURS ! J'ai été empoisonnée !

S'enfuir en courant :
UN CROCODILE ME COURT APRÈS !

Se frotter le ventre avec une main,
l'autre main sur la hanche :
J'AI VU QUELQUE CHOSE D'INTÉRESSANT
(comme le chat fantôme...)

kinra girls

Découvre comment les Kinra Girls sont devenues amies et suis leurs aventures à l'Académie Bergström.

Amitié et mystères au rendez-vous !

1 2 3 4 5 6 7

8 9 10 11 12 13 14

15 16 17 18 19 20 21

22 23 24 25 26

Dans chaque tome, un marque-page inédit en cadeau !

Découvre également les origines et la passion de chacune des Kinra Girls.

k i n r a

Hors-série : les aventures inédites des Kinra Girls en grand-format.

kinra girls

Destination mystère : voyage à travers le monde et enquête avec les Kinra Girls !

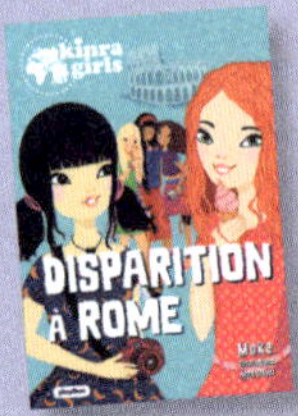

Disparition à Rome

1

Énigme dans l'Orient-Express

2

Danger dans la jungle

3

Le fantôme de Venise

4

La prisonnière de la tour

5

Un marque-page + une enveloppe et son message à décoder dans chaque tome !

CÉCILE BEAUCOURT

Cécile est autrice et éditrice. Écrire pour les enfants représente pour elle la plus belle façon de transmettre sa passion des mots.

MOKA

Moka est une romancière à l'imagination débordante ! Mystères, amitié, fantômes... Elle aime raconter des histoires et ça se sent !

ANNE CRESCI

Anne est illustratrice pour la presse et l'édition. Elle tire son inspiration du quotidien, de la mode... Et des aventures des Kinra Girls !

PEFC
10-31-2065
Certifié PEFC
pefc-france.org

ISBN : 9782809675597
Dépôt légal : juillet 2021.
Imprimé en France par Pollina - 98026.
Loi n° 49-956 du 16 juillet 1949 sur
les publications destinées à la jeunesse.

Mise en page : Aurélie Buridans.
Mise au point de la maquette : Cédric Gatillon.
Photogravure : IGS.
Motifs clés, couv et int : © Shutterstock Mona Monash.
Parchemin couv : © Shutterstock Zolotinka.

Nous tenons à remercier pour leur contribution à cet ouvrage :
M. Baudry, J.-L. Broust, L. Clochard, J. Courteboeuf, A. Goraguer,
M. Joron, K. Marigliano, L. Pommet, F. Ramette, L. Saltet, M. Seger.